LE FRANC RIMEUR

FABLES MODERNES

PAR

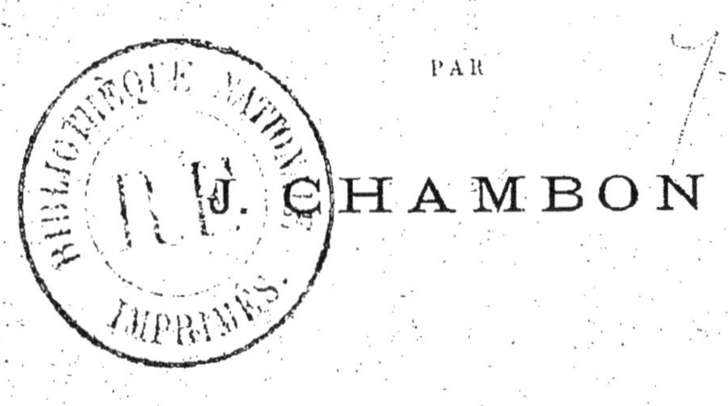

J. CHAMBON

PARIS
CHEZ TOUS LES LIBRAIRES
ET CHEZ L'AUTEUR, RUE PAGEVIN, 9

1877

LE FRANC RIMEUR

FABLES MODERNES

LE FRANC RIMEUR

FABLES MODERNES

PAR

J. CHAMBON

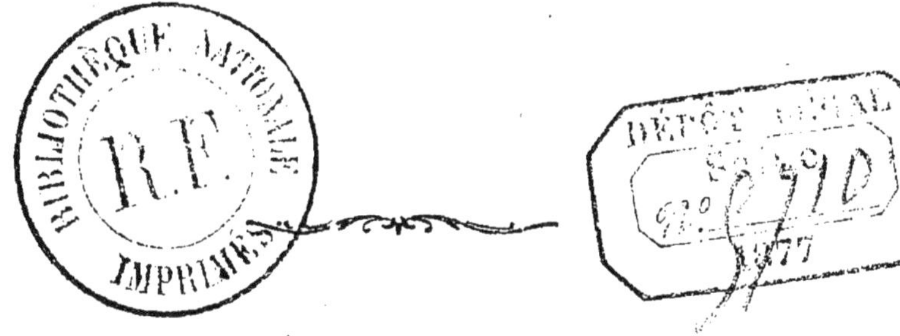

PARIS

CHEZ TOUS LES LIBRAIRES

ET CHEZ L'AUTEUR, RUE PAC[illegible]VIN, 9

1877

La Santé dit dans son langage : Point de paresse,
Jeune on doit travailler, vieux agir sans cesse ;
Fort compétente, la science médicale prescrit
De bons stimulants pour le corps et l'esprit.
Après la Science se présente le Travail,
Avec la qualification d'excellent gouvernail.
Vient ensuite dame Economie,
De l'ordre se déclarant l'amie ;
Puis, à son tour, dame Franchise,
N'aimant pas qu'on se déguise.
Dame Habitude fait ressortir le mal qu'elle cause,
A ceux qui la contractent pour certaines choses.
On remarquera également dame Méfiance,
Qui ne veut pas légèrement accorder sa confiance.
Dame Horloge n'aime pas du tout le variable ;
Le constant, dit-elle, est beaucoup préférable.
Destinée à conduire le navire, dame Boussole
Prononce aussi de très-bonnes paroles.
Le Devoir dit qu'il faut employer son temps utilement,
Laisser parler la critique, ne pas redouter le jugement.

On doit aimer son pays, dit le Patriotisme,
Quoi de plus blâmable que la froideur, l'égoïsme?
L'Union dit aux nations, si vous voulez vivre,
L'exemple de la Pologne gardez-vous de suivre.
Le canon avoue qu'il n'est pas bon, et dit à ce propos,
Qu'on devrait le laisser éternellement dans le repos.
Le progrès dit qu'il monte bien péniblement,
Mais qu'il arrivera au sommet très-probablement.
Le myope est fort triste, pousse de gros soupirs;
Le presbyte content, son œil perçant voit l'avenir.
Le passé recommande, en mourant,
De toujours bien suivre le courant.
Le présent dit : Évitons les fautes du passé,
Car nous y sommes tous fortement intéressés.
Ayant appris à connaître la route,
Sachant trop bien ce qu'il en coûte.
Tâchons surtout de ne pas marcher de travers,
Quantité de sujets extrêmement divers.

FABLES MODERNES

La Santé.

Écoutez ma parole, dit gravement madame la Santé,
Conservez bien dans vos esprits une grande vérité.
Je suis, sur cette terre, la fortune sans égale, incomparable
Le don le plus précieux de ce monde, c'est incontestable
De l'activité la sagesse, l'intime inséparable amie,
De la paresse et la mollesse l'implacable ennemie,
On doit agir résolûment, se mouvoir à tout âge,
Montrer de l'énergie, sans cesse du courage.
Point de réplique, je n'en accepte jamais aucune ;
J'ai en horreur l'inertie, je déteste les lacunes.
Jeune, faut travailler, absolument s'occuper toujours ;
Vieux, courageusement trotter tous les jours.
Quand les bras ou les jambes se montrent rebelles,
Travailler ou trotter, avec l'encéphale, la tête, la cervelle

Étant délicate, je n'en suis pas plus intéressante,
Ceux qui m'aiment doivent me rendre contente,
Sachant bien que je suis une excellente dame,
Montrer pour moi, au moins, un peu de flamme.
Enfin on ne doit jamais, si on veut me plaire,
Vieux, rester oisif, inactif; jeune, sans rien faire.

La Science médicale.

Je prescris, dit-elle, d'une manière expresse,
L'occupation à la jeunesse, l'exercice à la vieillesse.
A l'une le travail, à l'autre le mouvement;
Aux jeunes, la lecture saine également.
Ma prescription ne doit jamais être repoussée,
Le travail du corps et celui de la pensée
Sont des moyens très-salutaires, excellents
Pour la jeunesse, d'indispensables stimulants.
Je combats les maladies comme mon amie la Santé,
J'ai en horreur l'inertie, je déteste l'oisiveté.

Le Travail.

Incontestablement, dit le Travail,
Je suis un excellent gouvernail,
Conduisant la barque directement au port,
Fortifiant aussi considérablement le corps.

Je suis un guide sûr, très-sage,
Évitant les écueils et naufrages,
Je procure la santé, la gaîté,
Le bien-être, la prospérité.
Ceci doit être pris en considération
Dans la vie, il faut faire attention
Si on ne veut essuyer des revers,
Toujours marcher droit, jamais de travers.
Ceux qui m'aiment emploient bien leur temps,
Ont l'esprit joyeux et le cœur content.
Celui qui me déteste, presque toujours
Se livre aux folies, abrége ses jours,
Éprouve souvent de cruels ennuis;
Passe singulièrement ses heures, ses nuits.
Les débauches sont ordinairement suivies
De mauvais effets, tristes maladies.
Parfois, comme conséquence de sa conduite détestable,
Le débauché se déshonore, commet des actes regrettables.
Pour couronnement de tous ses écarts,
Est montré au doigt, repoussé de toute part
Viennent les regrets et remords,
Mais il ne peut réparer ses torts.

L'Économie.

Certainement, dit madame Économie,
De l'ordre je suis très-amie.
Je ne puis sentir ce vilain monsieur précaire,
Mais j'aime bien mon petit nécessaire.
On peut n'avoir aucun souci pour la parade,
Mais si parfois on vient à tomber malade,
Avoir de quoi se faire un peu soigner;
Cela n'est point du tout à dédaigner.
Quoi de plus triste que le dépourvu?
Si vous êtes oncle, ayez recours à votre neveu,
Il vous répondra, en vous voyant souffrir,
Qu'il n'a rien absolument à vous offrir,

La Franchise.

Je n'aime pas que l'on se déguise,
Disait bien haut dame Franchise.
Que l'on parle surtout à mots couverts
Ni qu'on bavarde à tort, à travers.
Je veux qu'on s'explique devant moi,
Je déteste beaucoup les sournois.
Je n'aime pas non plus ces têtes frivoles
Qui ne tiennent jamais leurs paroles,

Tournent toujours avec le vent,
Comme on le voit que trop souvent.
Je déteste aussi les menteurs
Et j'ai en horreur les flatteurs.

L'Habitude.

L'Habitude disait : Celui qui me contracte
Peut très-bien dire, je signe un pacte.
Assurément, répétait madame l'Habitude,
Nul plus que moi n'aime la servitude.
Je puis me flatter d'avoir établi l'esclavage
Sur la terre, dans tous les parages,
Dans toutes les régions continentales et maritimes,
Ma puissance absolue s'exerce, s'imprime.
Ceux qui me contractent pour fumer,
Pourraient-ils s'en passer après déjeuner?
Matins et soirs, puis dans la journée,
Il faut faire aussi voler la fumée.
Sérieusement, est-il possible de croire
Celui qui me contracte pour trop boire;
Quand, d'un ton grave, il dit :
Que le vin soit donc maudit.
Mais, c'est surtout chez le joueur,
Que ma racine prend de la vigueur;

Elle atteint souvent une profondeur considérable,
Je deviens alors passion très-redoutable.
Enfin, ceux qui me contractent pour mentir,
Les paresseux, qui vivent dans le loisir,
Éprouvent toute sorte de désagréments :
Perdent la confiance, sont malheureux finalement ;
Ne sachant se corriger, ne pouvant être braves,
Je les tiens, ce sont mes esclaves.

La Méfiance.

Très-sérieusement, disait dame Méfiance,
Je veux savoir à qui je donne ma confiance ;
Je n'aime pas l'accorder au premier venu,
C'est trop follement se lancer dans l'inconnu.
Non, je ne la donnerai jamais au premier mortel
Parce qu'il sera parent, frère ou fils d'un tel.
Des capacités je veux avoir les preuves,
Ne pas être obligée à supporter des épreuves.
Avoir à me repentir plus tard
De m'être lancée dans le hasard.
Ainsi donc, avant de confier mes affaires,
Je veux savoir absolument à qui j'ai affaire.
Quand je prends un employé pour mon commerce,
Je tiens à connaître la manière dont il exerce ;

Et s'il joint aux capacités la probité, l'honnêteté,
Les garanties nécessaires, la fidélité,
Il est toujours dangereux, fort regrettable,
D'avoir quelqu'un de mauvaise foi, ou incapable.
Il faut donc éviter une pareille chance,
Ouvrir les yeux en donnant la confiance.
Dans les brioches ne jamais mordre,
Quand il s'agit de choses de premier ordre ;
Si les yeux fermés, pour le besoin d'une usine,
Sans connaître la qualité, on se procure une machine,
On risque beaucoup de faire une mauvaise acquisition,
D'arriver à la ruine par le manque de précaution.

L'Horloge.

L'Horloge dit : Je ne veux pas être frivole,
Qu'on retienne bien ces simples paroles,
L'invariabilité faut absolument constater,
Si sur moi on veut pouvoir compter.

La Boussole.

C'est moi, dit la Boussole, qui conduis le navire,
Il est par conséquent très-vrai de dire,
M'accepter sans savoir si je suis capable,
Serait un tort, une faute impardonnable.

—

Le Devoir.

A des œuvres utiles votre temps vous emploierez,
Dit le Devoir, selon les moyens que vous aurez.
Vous saurez qu'il n'est point du tout raisonnable
De placer l'utile au-dessous de l'agréable.
Considérer l'agrément plus que l'utilité,
C'est certainement une grande légèreté.
La perfection exige nécessairement
L'esprit calme, tranquille absolument.
Mais si par cause de préoccupations
Vous ne pouvez satisfaire aux conditions,
Il ne faudra point vous décourager,
Vous laisserez dire, parler, juger.
N'oubliez jamais ce vieux proverbe suédois :
Qui fait ce qui peut, fait ce qui doit.

Le Patriotisme.

Le Patriotisme dit : Je suis indispensable,
Celui qui me repousse n'est qu'un misérable.
Se montrer indifférent envers sa patrie,
C'est être indigne de la vie.

Par moi l'homme doit être animé,
En lui je dois être inné,
C'est ce qui fait sa grandeur, sa supériorité;
On ne place au-dessus de moi que l'humanité.

L'Union.

J'ai la division en horreur, dit l'Union,
Fortifier les nations, voilà ma besogne;
Ce fut mon ennemie, la désunion,
Qui fit le malheur de la Pologne.
Je rappelle à dessein ce lugubre souvenir,
Misérable discorde, affreux dénouement;
Pour vivre, se solidifier, se maintenir,
Il faut la concorde, l'unité absolument.
Si d'une nation je rappelle l'impardonnable tort,
C'est dans un but bien facile à comprendre;
Pour prouver que sans moi on est point fort,
A l'évidence faut donc se rendre,
Ne jamais oublier surtout cette conclusion,
Elle est de la plus haute importance :
Les nations se perdent par la division,
Qui est toujours un signe de décadence,

Le Canon.

Pourquoi me faire grogner? dit le Canon,
Puisqu'on sait que je ne suis pas bon ;
On ferait mieux, si cela était possible certainement,
De me laisser toujours tranquille dormir éternellement.

Le Progrès.

Je monte toujours, dit le Progrès,
Petit à petit, degré par degré ;
L'escalier, assurément, est difficile,
C'est une tâche fort pénible ;
Mais avec le temps et la patience,
J'en viendrai à bout, je pense.
On ne bâtit un édifice dans un jour,
Mais pierre par pierre, on monte toujours;
En continuant ainsi courageusement,
On arrive au sommet, quoique péniblement.

Le Myope.

Un myope, qui n'était pas du tout content,
Disait : J'ouvre bien les yeux pourtant;

Mais j'ai beau écarter les paupières,
Regarder de tous côtés, en avant et en arrière
Avec mon bombé cristallin,
Je ne vois absolument rien.
Les décors ne sont pas à portée de ma vue,
Ils me paraissent loin, au delà des nues;
J'ai beau lancer, fixer mes regards,
Je ne vois rien que des brouillards.
Il était profondément attristé
De sa malheureuse infirmité.

Le Presbyte.

Le Presbyte disait : Moi j'y vois bien
Très-clair, et aussi fort loin,
Avec mon cristallin fortement aplati
Je peux tout découvrir, Dieu merci,
Voir même derrière les coulisses,
Il n'y a rien absolument qui puisse
Porter ombrage à mon long regard
Qui perce l'horizon de toute part.
Je puis enfin lire dans l'avenir,
Tout distinguer, préciser, bien définir;
Ce qui veut dire assurément,
Que j'y vois très clairement.

Le Passé.

Le Passé dit en mourant :
Il faut suivre le courant.
Bien certainement cela m'afflige ;
Mais à quoi serviraient les digues,
Sinon à préparer un débordement?
Mieux vaut régler le mouvement.
Dans la vie, tout se transforme,
Les choses et aussi les hommes ;
Puisqu'enfin c'est là notre existence
Supportons courageusement les conséquences.

Le Présent.

Mes amis, dit le Présent,
Soyons clairvoyants, intelligents,
Évitons surtout les fautes du passé ;
Nous y sommes tous fortement intéressés.
Il ne faut pas être injuste cependant
Envers le temps, les siècles précédents,
Ils ont bien quelques mérites,
Ne soyons pas égoïstes ;

Rendre justice à qui de droit,
Est la meilleure chose, je crois;
Ils nous ont tracé, préparé la route,
C'est à nous à bien la suivre sans doute.

La Croyance.

Je n'ai pas toujours raison, dit la Croyance,
Combien de fois, j'ai accusé l'innocence,
J'avoue que j'ai l'impardonnable tort
D'avoir prononcé d'injustes arrêts de mort.
Maître Grégoire croyait avoir des amis,
Mais il se trompait, on se moquait de lui.
Le voisin aussi croyait son épouse coupable,
Et la maltraitait d'une manière abominable.
L'innocence est une victime bien malheureuse,
Je le reconnais, je suis dangereuse;
Il faut donc conséquemment
Me posséder très-modérément.

L'Espérance.

Consolatrice du genre humain,
Je fais moins de mal que de bien;
Je fais les deux cependant.
On vit toujours en attendant,

Mais quelquefois pour avoir attendu,
Ce qui est dû n'en est pas moins perdu.
C'est une fort bonne consolation,
Que d'espérer certaines solutions,
Et avoir un peu de confiance,
Supporter ses peines avec patience,
Sans pousser de trop gros soupirs,
Attendre un meilleur avenir.

La Tempérance.

Je suis indispensable à l'existence,
Disait avec raison la Tempérance;
J'agis puissamment contre les passions,
Je modère beaucoup leur action.
Les excès comme les folies
Sont contraires et abrégent la vie ;
Si on n'arrête à temps leur cours,
On ne peut vivre de longs jours;
Si des plaisirs on veut trop abuser,
Le tempérament finit bien vite par s'user.
Prévenir ces déplorables abus,
Voilà mon rôle, c'est là mon but.

La Tolérance.

Je n'aime pas l'exagération, dit la Tolérance,
A la modération je donne ma préférence;
A quoi servent les grandes rigueurs,
Sinon à produire des aigreurs?
Toujours la trop grande exigence
Rencontre une sourde résistance,
Qui peut dégénérer en faits,
Produire de très-mauvais effets.
Ainsi donc se montrer tolérant,
Et aussi partager les différends,
C'est ce qui doit avoir lieu
En tout temps, en tout lieu.

La Pénétration.

De moi, dit-elle, on doit user modérément;
Celui qui pénètre trop profondément,
Veut monter trop haut ou aller trop loin,
Finit par se perdre, qu'on ne l'oublie point;
Il y a un très-grand danger;
De le prévenir faut donc songer.

Les Ténèbres et la Lumière.

Les Ténèbres disaient à la Lumière :
Nous n'aimons pas que tu éclaires;
La moindre lueur nous fatigue beaucoup,
Nous éblouit, nous déplaît surtout.
Naturellement nous sommes sombres,
Nous aimons seulement les ombres;
Sous le manteau de la nuit,
Pas de clarté, point de bruit.
Lumière, nous te prions en grâce
De vouloir bien faire volte-face,
Puis retourner au loin en arrière;
Rends-nous l'obscurité, exauce notre prière.

La Perfection.

Je ne suis nulle part, dit la Perfection,
Si ce n'est dans la grande construction
Qui n'a point de mesure
Et qu'on appelle la nature.
Cette œuvre, bien complète,
Est, certainement, toutefois parfaite.

Mais pour tout ce qui est particulier,
Rien n'est parfaitement régulier.
Il y a impossibilité de symétrie
Par l'emploi de la géométrie ;
Il y a bien rapprochement, ressemblance.
Mais là n'est pas mon existence.

L'Excès.

Je ne trouve place que chez l'homme,
L'animal ne veut pas de moi ;
Il a bien raison, ma foi,
Ma société n'est pas si bonne.
Après avoir mangé, bu son content,
L'homme veut encore boire ;
Qui pourrait le croire?
C'est une grande vérité, pourtant.
L'animal est bien plus sage,
Quand il en a assez pris,
Bien contenté son appétit,
Il n'en veut pas davantage.

L'Égoïsme.

Je suis avide, personnel, dit l'Égoïsme ;
Je déteste mon ennemi, le Patriotisme ;

Nous nous faisons une terrible guerre ;
Lequel des deux aura la dernière?
Pour le moment, je suis le plus fort,
Et pourtant je reconnais mon tort.
Mais je veux, jusqu'à la chute;
Très-hardiment soutenir la lutte;
C'est un combat ardent, à outrance,
Qui aura certainement sa conséquence.
Quel est celui enfin qui échouera?
C'est l'avenir qui nous le dira,

La mauvaise Foi.

Que voulez-vous, dit la mauvaise Foi,
Je suis un défaut de nature,
Croyez-le bien, je vous assure,
C'est plus fort que moi.
Puisque j'ai toujours vécu ainsi,
Malgré tous les désagréments,
J'y mourrai très-probablement.
Je sais parfaitement qui je suis,
Oui, je sais que je suis sans honneur ;
Je ne pèche pas par ignorance,
De moi-même j'ai conscience;
Être ainsi fait, c'est un malheur.

La Bassesse.

La Bassesse, dit-on, ne doit pas ignorer
Que je donne de tristes exemples,
On ne placera jamais dans un temple
Ma statue pour la faire adorer.
Il ne faut pas que je me flatte,
Car je suis bien vile,
En même temps très-servile,
Et surtout extrêmement plate.
Incontestablement, dans la nature,
Nul plus que moi
Ne mérite et doit
Supporter le mépris, la flétrissure.

L'Indifférence.

L'Indifférence disait : Rien ne me touche,
Pourvu que je mange à pleine bouche,
Et que ça recommence assez souvent,
Peu m'importe de quel côté tourne le vent ;
Je ne m'occupe absolument de rien,
A mon goût, c'est toujours bien.

Si je dors passablement la nuit,
Et un peu le jour aussi,
C'est là ce qui me plaît,
Et parfaitement me satisfait.
Ainsi s'écoule entièrement ma vie ;
Je ne dis pas qu'elle est digne d'envie.

La Tiédeur.

Je manque de courage, dit la Tiédeur,
C'est pour moi un très-grand malheur.
Je n'ai pas de sang dans les veines,
Cela me fait beaucoup de peine ;
Mais que voulez-vous que j'y fasse?
Quand on appartient à cette classe
Qu'on appelle les peureux,
On est vraiment malheureux.
De moi-même j'ai honte,
J'aurais besoin d'une refonte ;
Oui, je rougis de me voir ;
Un peu de cœur je voudrais avoir.

La Mollesse.

De me voir si molle,
Vraiment, ça me désole;
Oui, certainement, cela me blesse,
Disait un jour madame la Mollesse.
Vu le défaut d'ardeur,
Le manque de vigueur,
Je ne puis arriver à rien,
Cela se comprend très-bien.
Que voulez-vous que j'amasse,
Avec mon attitude mollasse?
Ma position n'est pas avantageuse;
Je ne puis être que malheureuse.

L'Oisiveté.

Je suis ennemie de l'humanité,
Disait la perfide Oisiveté;
Non-seulement je rends les hommes malades,
Mais aussi capricieux, sournois, maussades.
L'homme, qui de ce nom est digne,
Au seul mot de paresse s'indigne.
A quelque chose toujours s'occupe,
De moi ne veut jamais être dupe.

Il y a le travail du corps
Qui est un très-bon renfort,
Et aussi celui de l'esprit,
Duquel sait tirer parti.

La Girouette.

Je ne suis pas très-satisfaite,
Disait un jour dame Girouette.
Du mal, je m'en donne bien,
Mais je suis toujours au même point.
Quand on voltige de tout côté,
Qu'on n'a pas de plan arrêté,
Nécessairement, il arrive toujours,
Que du but on tourne autour,
Sans pouvoir l'atteindre jamais,
Malgré le mal qu'on s'est donné.

La Sobriété et la Débauche

La Sobriété disait à la Débauche :
Vous menez une vie atroce,
Vous dépensez votre argent bien follement,
Ou vous le prodiguez, dissipez stupidement.
Que pensez-vous donc, ma chère ?
Si vous êtes dans la misère,

C'est parce que vous le voulez,
Puisque mieux faire vous pouvez.
Votre conduite n'est pas pardonnable,
Avouez que vous n'êtes guère raisonnable.
Hélas! je sais que j'ai de la faiblesse,
Répondit la Débauche, on me le dit sans cesse.

Sévérin et Brisar.

Mauvais sujet, tu brises, tu casses.
Il faut que ma colère se passe,
Si tu mettais de l'eau dans ton vin,
Tu suivrais plus droit ton chemin ;
Pourquoi dans ce maudit cabaret
Presque toujours tu es fourré ?
Tu causes du chagrin à ta mère,
Tu veux l'envoyer au cimetière
Et tu passes les nuits au jeu.
Je le comprends, je pourrais faire mieux.
Hé bien! puisque tu reconnais ton tort
Corrige-toi donc, fais un effort.

L'Orgueil et l'Envie.

L'Orgueil disait à l'Envie :
Écoute, ma chère amie,

Nous ne pouvons plus vivre ensemble
Et pourtant il me semble
Que tu pourrais corriger ton défaut,
Fais donc un effort puisqu'il le faut.
L'envie répondit : méchant orgueilleux,
Ton défaut vaut-il beaucoup mieux?
Voyons un peu, je te le demande.
Est-ce bien à toi à me faire la réprimande?
Avant de parler, t'occuper de moi,
Fais un effort toi-même, corrige-toi,

L'Avarice et la Gourmandise.

L'Avarice disait à la Gourmandise
Permettez que je vous dise
Tout le fond de ma pensée;
Vous n'êtes pas assez intéressée;
Vous ne songez absolument qu'à avaler,
Votre estomac sans cesse régaler,
La Gourmandise lui répondit :
Je comprends parfaitement ceci,
Si nous étions, vous moins sobre
Et moi un peu moins ogre,
Certainement au point de vue final
Cela ne serait pas plus mal.

La Luxure.

J'avoue, dit mademoiselle la Luxure,
Que je suis une singulière créature,
Je ne rêve que brillante parure
Il me faut absolument de la tournure.
Je me farde parfaitement bien,
Me bichonne avec beaucoup de soin,
Pourquoi, je n'en sais rien,
Ou plutôt je le sais bien ;
J'aime à prendre le ton précieux,
Ce petit faux air capricieux.
Je me promène en tout temps, en tous lieux,
Faire autre chose, ça vaudrait peut-être mieux.

La Paresse et la Colère.

La Paresse avec un grand mécontentement :
Disait à la Colère nonchalamment :
Soyons un peu plus calme,
Vraiment, il n'y a pas de charme
Vous me faites beaucoup trop souffrir,
Il n'y a pas moyen d'y tenir.

La Colère répondit : Écoute, ma fille,
Ton défaut est aussi nuisible,
Entrons donc en arrangement
Partageons, ça ira différemment ;
Prends du mien, je prendrai du tien ;
Tu verras, ça ira très-bien.

L'Art et la Science.

L'Art disait à la Science :
A peine tu sors de l'enfance,
Je sais bien que tu n'es pas sotte,
Mais pour cela, dois-tu porter culotte ;
Parce que je suis un peu vieux ?
C'est pour moi certainement très-ennuyeux.
Taisez-vous donc, vieux capricieux jaloux,
Pour rien, vous vous mettez en courroux ;
A votre âge c'est vraiment triste.
Nous avons chacun notre mérite,
Vous êtes la grandeur, la beauté ;
Je suis l'abondance, la fécondité.

La Postérité.

La Postérité dit : Je suis excessivement stricte,
Je ne reçois jamais si on ne le mérite
Il y a certainement beaucoup de gens qui meurent
Avec l'espoir d'entrer dans ma demeure;
Mais malgré une certaine renommée,
La porte leur est complétement fermée.

La Résolution.

Je suis bonne, dit la Résolution,
Principalement pour les solutions.

La Valeur.

Moi, dit fièrement la Valeur,
Je n'ai jamais eu peur.

La Liberté.

Attention, dit la Liberté,
Il faut être prudent et sage.
Si on avait compris, écouté,
De moi toujours fait bon usage,

Si on s'en était donné la peine,
Il est parfaitement certain
Que la grande famille humaine
S'en trouverait fort bien.

Le Héros.

Par le fait de mes brillantes victoires
Je suis couvert de lauriers, de gloire;
C'est de tous les habillements
Le plus beau incontestablement.

Le Temps.

Devant moi, à la longue, tout passe absolument
C'est-à-dire, se transforme seulement.
Désagrégation, dissolution dans tout l'univers,
Pas une molécule, rien ne se perd.

La Justice.

Je suis la Justice, amie de la vérité.
Ce que je dis doit être écouté;
Rappelez-vous, habitants de la terre,
Qui vivez dans l'opulence ou la misère,
Grands, petits, laids et beaux,
Après la mort, vous serez tous égaux.

L'Hiver et le Printemps.

L'Hiver parlant au charmant Printemps
Lui dit : Prends ma place pour quelque temps,
Tâche d'employer tes belles journées
A préparer une bonne année,
Mais surtout, je te le recommande,
Tous les fruits excepté l'amande ;
Car ce fruit peu estomacal
Se digère extrêmement mal.
Fais que la vie soit très-active,
Et que les nombreux convives
Au banquet fraternel de l'union,
Se comptent par centaines de millions.

Le Printemps et l'Été.

Bonjour, dit le Printemps à l'Été,
Tu viens prendre ma place,
Tu trouveras partout, de tous les côtés,
A tes besoins de quoi faire face ;
Grâce à nos bons travailleurs,
Il y aura de tout en abondance.
Du courage et de l'ardeur,
Ce sera l'heureuse conséquence ;

Quand chacun y met la main,
Les effets sont considérables ;
Cette ardeur et cet entrain,
Quoi de plus admirable ?

L'Été et l'Automne.

Bonsoir, dit l'Été à l'Automne,
Pour cette année, je te quitte ;
Tu rempliras bien les tonnes,
Toutes, grandes, moyennes et petites.
Le blé fera nullement défaut,
Pas plus que les pommes de terre ;
Enfin, il y a tout ce qu'il faut,
Pour vivre heureux dans la chaumière.
C'est le courage et l'ardeur
Qui ont procuré cette abondance ;
Le travail et les labeurs
Ont reçu leur juste récompense.

L'Automne et l'Hiver.

Je m'en vais, dit l'Automne à l'Hiver,
La nature a mis sa robe à l'envers,
Ce qui n'est pas très-guilleret.
Mais il y a du bon clairet,

Tu en prendras modérément,
Pour ton besoin seulement.
Il faut toujours être raisonnable,
L'excès n'est pas pardonnable.
Nous nous reverrons dans cinquante-cinq semaines,
C'est-à-dire l'année prochaine.
Donc, je ne te dis pas adieu,
Au revoir, mon bon vieux.

La Chaleur et le Froid.

La Chaleur disait au Froid :
Autant que moi rien n'est utile,
Je rends la terre productive, fertile;
Par mon action, tout pousse, croît.
Sans moi, que seraient les campagnes?
Point du tout de végétation,
Rien que misère, désolation,
Comme sur les hautes montagnes,
Aucun être ne pourrait exister,
Il est tout à fait incontestable
Que je suis indispensable,
Assurément je puis l'attester.
Le Froid lui répondit :
Tu es la meilleure chose de toute,

Certainement, sans aucun doute,
C'est vrai ce que tu dis.
Moi aussi je suis d'une grande utilité
Partout où je ne parais pas,
Combien de malades, que de trépas,
Je suis l'ami intime de la santé.
Nous pouvons nous donner la main,
Malgré tous nos désagréments,
Nous méritons bien certainement
D'être bénis du genre humain.

Le beau Temps et la Pluie.

Le beau Temps disait à la Pluie :
Bien souvent ta présence ennuie,
En effet, quoi de plus triste à voir
Que ton visage sombre, parfois si noir?
Voir tomber de si abondantes larmes,
Vraiment, il n'y a guère de charme.
Moi je suis gai, toujours riant,
Par conséquent, fort attrayant.
Aussi on m'aime, on m'admire,
Toujours ardemment on me désire ;
De me voir on ne se lasse jamais,
Quoi de plus agréable qu'un beau jour de mai?

La Pluie répondit : Tu prends un air
Assurément un peu trop fier,
Cependant tu connais mon utilité,
Sans moi, point de fertilité.
On me réclame fort souvent,
Tu ne l'ignores pas pourtant,
Je suis un très-bon arrosoir,
Les jardiniers sont contents de m'avoir.
Souvent on voudrait te chasser
Car, de toi, on finit par se lasser ;
Ainsi donc, ton orgueilleuse prétention
Est fausse, on ne désire pas toujours ta possession.

La Rivière et le Fleuve.

Au Fleuve disait la Rivière
D'une manière assez régulière :
Je vous paye mon tribut,
Mais vous en faites un abus.
A quoi bon ce grand sacrifice ?
Vous ne me rendez aucun service ;
C'est avec raison que je me plains,
Vous le comprenez fort bien.
La nuit comme le jour,
Sans cesse, vous recevez toujours.

De la saint Basile au premier de l'an,
Pour prendre, vous avez le courant.
Le Fleuve lui répondit :
Tu ne sais ce que tu dis,
Oui, de recevoir je m'empresse
Pour mettre dans grande caisse
Des ressources qui doivent être répandues
Aux jours et heures voulues.
Sans ce mouvement de va-et-vient
Tu n'aurais bientôt plus rien,
Tu serais vite à sec.
Enfin, en voilà assez.
Veux-tu que je dise ce qui te tracasse :
C'est que tu voudrais être à ma place.
En serais-tu bien plus heureuse ?
Tais-toi donc, méchante envieuse.

La Fortune.

La Fortune disait : J'ai des caprices,
Je ne m'occupe point de justice ;
Avec moi, on peut être heureux,
Mais aussi extrêmement malheureux.
Je choisis au hasard dans la masse
Peu m'importe de moi ce qu'on fasse,

Que l'on m'emploie bien ou mal,
Cela m'est parfaitement égal.
Le bonheur n'est pas de mon ressort,
Ceux qui y comptent ont le plus grand tort,
Pour être heureux avec moi
Faut avoir autre chose en soi,
L'honnêteté, surtout bon cœur,
Par moi soulager le malheur.
Si on veut goûter le vrai plaisir,
De moi faut savoir se servir.
De me faire connaître ici je suis bien aise,
Je suis très-bonne, excessivement mauvaise
Selon les mains entre lesquelles je tombe;
J'ai conduit bon nombre de mortels à la tombe.
Mais aussi, placée en bonnes mains,
Fait beaucoup de bien au genre humain,
Rendu assurément les plus grands services,
Créé de bons établissements, fondé des hospices.
Ceux qui m'ont employé avec tant d'utilité
De la patrie, ont certainement bien mérité.

Incontestablement, sur cette terre
Des fortunés le plus heureux
C'est celui qui soulage la misère
Fait du bien aux malheureux.

La Chenille et la Mésange.

À la Mésange disait la Chenille,
Sur l'arbre fruitier, dans les charmilles,
Partout, tu cherches à me nuire,
Sans la moindre pitié me détruire ;
Vraiment, tu n'es pas mon bon ange,
Je le dis franchement, dame ésMange,
Tu m'en fais voir de bien cruelles.
Si j'avais au moins des ailes
Pour pouvoir prendre ma volée,
Je ne serais pas si désolée.
Pourquoi agir ainsi envers moi?
Voyons enfin, parle, explique-toi,
Méchante bête, répondit la Mésange.
Comment, tu trouves fort étrange
Que je te fasse ainsi la guerre?
De bon sens tu n'a donc guère?
Tout dévorer, faire tant de tort,
Tu mérites cent fois la mort.
Et tu oses encore te plaindre,
Sachant ce qu'il y a à craindre !
Ceux qui commettent les délits
Méritent bien d'être punis.

Les êtres méchants, dangereux, nuisibles,
On doit en détruire le plus possible.

Les deux Bœufs.

Un Bœuf à l'engrais disait : Je ne fais rien,
On me soigne, on me nourrit très-bien.
Son camarade lui répondit : tu es content,
C'est bien, mais cela ne durera pas longtemps.
On te conduira bientôt à la boucherie,
Ce qui ne me fait pas du tout envie.
Je ne dis point ceci pour te railler,
Mais j'aime bien mieux travailler.
Oui, j'aime mieux manger de la paille
Que de servir aux autres pour faire ripaille.
Je le dis bien comme je le pense,
J'aime mieux moins me remplir la panse.

Le Cheval de course et le Cheval de trait,

Le Cheval de course disait au Cheval de trait :
Mon cher, ton existence n'a guère d'attrait.
Tes lourdes charges, ton harnachement,
Ne me font point envie assurément.

De parler ainsi, tu as grand tort,
Répondit le Cheval de trait, je suis fort,
Par conséquent dans la condition voulue
Pour supporter les charges, traîner la charrue.
Toi, sans éprouver aucune gêne,
Tu peux courir à perdre haleine.
Moi, ce que je fais je puis le faire,
Ainsi donc, chacun son affaire.

L'Ecureuil et le Cheval de manége

L'Écureuil disait au Cheval de manége :
Mon cher ami, je suis bien aise
De te voir là en face de moi;
Nous ne sommes pas malheureux, ma foi!
Nous pouvons bien dire assurément
Que nous passons notre temps agréablement.
Le Cheval, peu satisfait, lui répondit :
Voyons, sais-tu bien ce que tu dis?
Si ce mouvement tournant te plaît beaucoup,
A moi, il ne m'amuse pas du tout;
Je le fais parce que j'y suis forcé,
Mais je m'en serais très-bien passé.

La Perdrix et l'Hirondelle.

La Perdrix disait à l'Hirondelle :
Tu es bien heureuse d'avoir de telles ailes.
Moi, presque attachée à la terre,
De là je te regarde faire.
Sans cesse dévorée par l'envie,
Et une très-grande jalousie
De te voir aller, venir,
Moi rester là ainsi finir.
L'Hirondelle répondit : Tu as grand tort,
Chère Perdrix, d'envier ainsi mon sort;
Petit Rossignol. que ton chant est beau '
Le mien me fait honte, disait le Corbeau.

Le Corbeau et Rossignol.

Puisque tu trouves là ta nourriture;
Tu es aussi heureuse que moi, je t'assure.
Il est si peu harmonieux,
De me taire je ferais mieux.
Le Rossignol lui répondit :
Tu ne sais ce que tu dis.

3.

Pourquoi avoir honte? je te le demande.
Tu mérites bien une petite réprimande.
Dans un grand concert, nécessairement
Il faut toute sorte d'instruments :
La flûte, le trombone, pour qu'il en soit bien;
Voyons, m'as-tu compris, enfin?

Le Peuplier et le Chêne.

Le Peuplier disait à son voisin le Chêne :
Tu montes lentement, qu'est-ce qui te gêne?
Moi, je n'ai pas plus de dix ans,
Regarde comme je suis déjà grand.
Le chêne fièrement répondit :
C'est vrai, bien vite tu grandis,
Plus que moi, tu fais de la besogne en quantité;
Mais aussi, quelle différence de qualité!
Tu es extrêmement faible de constitution,
Je suis solide, bon pour la construction;
Tu croyais avoir plus de valeur,
Vois, combien tu étais dans l'erreur!

Le Châtaignier et le Marronnier d'Inde.

Le Châtaigner dit au Marronnier : Écoute.
Ton fruit est fort beau, sans aucun doute;
Mais, qu'elle est sa saveur?
Enfin, qu'elle est ta valeur
En quoi tu le distingues,
Mon cher Marronnier d'Inde?
Celui-ci répond : Tu as de l'audace,
Que ce qui orne les belles places,
Procure sur les promenades, dans les jardins,
Les ombrages, qui sont un grand bien;
Ceci a une valeur incontestable,
Tu es un peu trop déraisonnable.

Le Pommier et le Figuier.

De moi, c'est beaucoup trop exiger,
Disait le Pommier au Figuier,
Mon fardeau est énorme,
Tiens, regarde ces grosses pommes,
Je suis courbé, accablé de fatigues,
J'aimerais mieux porter des figues.

Le Figuier lui répondit :
Ecoute, mon cher ami,
Chacun doit faire sa besogne,
Je ne sais pourquoi tu grognes ;
Tu vis aussi longtemps que moi,
Laisse-moi tranquille, tais-toi.

Le Raisin blanc et le Raisin noir.

Le Raisin blanc disait au noir :
Vraiment tu n'es guère beau à voir,
Avec ta couleur foncée si sombre,
Tu ressembles tout à fait mon ombre;
Regarde un peu ma teinte dorée,
Considère aussi ma liqueur adorée !
Le raisin noir lui répondit :
C'est très-vrai, ce que tu dis ;
Mais au point de vue de l'utilité,
Lequel de nous deux a la priorité ?
De ceci, naturellement, il en ressort
Que d'être si fier, tu as grand tort.

Le Vin et l'Eau.

Le Vin disait à l'Eau : Pauvre petite,
Avoue que tu as bien peu de mérite !
Tu n'a ni saveur, ni couleur,
Par conséquent, point de valeur ;
Tu fais une triste mine sur la table,
Moi, j'ai la figure très-agréable,
On me regarde toujours avec plaisir ;
Bien souvent je te fais rougir,
En effet, tu dois avoir honte
D'après ce qu'on dit sur ton compte,
Quand on parle de toi ;
L'Eau répondit : Existerais-tu sans moi?

La Bouteille et le Verre.

La Bouteille disait au Verre :
Mon cher, tu es un intermédiaire
Duquel on peut bien se passer ;
A quoi bon s'amuser à verser ?
Pourquoi ne pas boire à la régalade,
Avec les doigts retourner la salade ?

C'est une chose vraiment singulière,
Manger la soupe avec une cuillère ;
Non, plus de verre, cuillère, ni fourchette.
Le Verre lui répondit : Tu perds la tête,
Tu devrais supprimer aussi le linge,
En prenant pour modèle le singe.

La Fourchette et le Couteau.

La Fourchette dit au Couteau, avec malice :
Je n'ai qu'à me louer de ton service,
Tu découpes gentilment la viande,
Moi, je n'ai qu'à tenir et prendre ;
Tu me sers donc parfaitement,
Je t'en fais mon compliment.
Le Couteau répond : Tais-toi, petite sotte,
Décidément, je crois que tu radotes ;
Tu sais bien que je suis fait pour couper,
Comme tu es faite pour tenir, piquer,
Tu fais ton service, je fais le mien,
Nous nous en trouvons fort bien ;
Son devoir chacun doit faire,
Ne sois donc pas si fière,
Et avoue, si tu as de la franchise,
Qu'il y a chez toi un peu de bêtise ;

Toutes les professions, conditions également,
Doivent se respecter, considérer réciproquement;
Il ne faut jamais railler personne,
C'est un conseil que je te donne,
Tâche, à l'avenir, de bien en profiter;
La récidive aie grand soin d'éviter,
Car vraiment, il serait dommage
De troubler notre bon ménage.

La Délicatesse.

Je suis fort subtile, dit la Délicatesse,
Je n'aime ni blesser, ni qu'on me blesse.

La Réciprocité.

Quels bons services je pourrais rendre,
Dit la Réciprocité, si on savait me comprendre

Le Cheval de bataille et son Cavalier.

Des grandes fatigues, du mal qu'il endurait,
Un Cheval de bataille se plaignait, murmurait;
Je fais, disait-il, une rude besogne,
Courant, allongeant le cou comme une cigogne;

Dans les divers mouvements, tournant, virant
A droite, à gauche, en arrière, en avant,
Toujours sur pied, en alerte;
Oh! oui vraiment, je l'atteste,
C'est un bien cruel métier
Que celui du pauvre coursier.
Son Cavalier lui répondit :
C'est très-vrai, mon ami;
Mais, moi aussi, j'ai mes peines
Quand il faut que je dégaîne,
Que je frappe à tort, à travers,
C'est bien un métier de fer;
Mais, il faut que cela s'oublie
Pour le service de la patrie,
On doit toujours montrer du courage,
Allons, mon petit Bayard, soyons sage.
Le bon ami, touché par cet argument,
Répondit affirmativement, résolûment;
Ceci montre que le langage de la douceur
Est toujours le meilleur pour toucher le cœur.

La Politesse.

La Politesse dit : Je déteste les paroles grossières,
Je n'aime pas non plus qu'à son adversaire,
On tourne le dos, les talons, le derrière ;
Je veux que l'on parle raisonnablement,
Que l'on s'explique modérément,
Et qu'on se présente convenablement.

La Grandeur.

Je ne puis absolument, dit la Grandeur,
Résider que dans un bon cœur ;
Les esprits méchants et cœurs mauvais
Ne me possèdent certainement jamais.

La Nature.

En voyant mon tableau, dit la Nature,
Son immense grandeur dépassant toute mesure,
Il faudrait être une sigulière créature
Pour ne pas s'incliner devant cette figure.

Les Étoiles et le Soleil.

Une belle nuit, dans le firmament,
Les étoiles se disputaient, avec acharnement,
L'honneur de la prééminence ;
C'était une querelle à outrance.
Jupiter voulait avoir la priorité ;
Saturne la réclamait de son côté.
Elle lui disait : tu as quatre satellites;
Le cercle qui m'entoure a bien plus de mérite ;
Je suis la seule du troupeau
Qui possède un si bel anneau.
Avec ton anneau, même sans compter mes lunes,
Dit Jupiter, tu n'égales pas mon volume.
Avoue que tu as un fameux toupet;
Tu mériterais un bon soufflet.
Vénus, par son éclat, sa lumière,
Voulait aussi être la première.
Mon aspect, disait-elle, est ravissant;
Je représente un superbe croissant.
Uranus criait, du fond de sa retraite,
Taisez-vous donc, vous me cassez la tête.
Quoique brillant beaucoup moins
Certainement je vous vaux bien.

Pour mettre un terme à cet excès de jalousie,
Le soleil paraît, la dispute est finie.
Il est un fait parfaitement certain,
Toute dignité s'éclipse devant le souverain.

Le Soleil.

Je suis, dit-il, l'astre incomparable,
A la fois beau, agréable, indispensable.
Sans moi point de zone torride,
La terre ne serait qu'une surface aride;
Je fais pousser les innombrables végétations,
Tout mouvoir par l'attraction et ma rotation.

La Terre et le Soleil.

Au Soleil disait la Terre,
Tu me fais un peu trop marcher.
Le soleil, répondit ma chère,
A la paresse je veux t'arracher.
Tu as tort de m'en vouloir,
C'est parfaitement certain.
Enfin, tu devrais savoir
Que c'est pour ton bien.

Le Piéton et son Chien.

Éloigné de toute habitation, sur un chemin,
Un piéton piétinait avec son chien.
L'instinct de ce dernier faisait pressentir
Que le mauvais temps allait bientôt venir.
Les nuages noirs commençaient à paraître,
Des craintes sérieuses faisaient naître.
Marcher plus vite nous ne ferions pas mal,
Dit à son maître l'instinctif animal,
Car le temps se trouvant dérangé,
Nous risquons d'être fortement arrosés.
Le maître insouciant répondit :
N'aie pas peur, ne crains rien, mon ami.
Il est inutile de forcer le pas,
Je suis bien certain qu'il ne pleuvra pas.
Mais le Temps qui ne tient aucun compte
De ce que l'on peut dire sur son compte,
A grand train allait toujours,
La nuit commençait à remplacer le jour.
Une pluie torrentielle arriva bientôt,
Les deux compagnons furent trempés jusqu'aux os,

Voulurent allonger le pas au dernier moment,
Mais trop tard, fort inutilement.
Ceci montre parfaitement bien,
Que faire fi d'un conseil ne vaut rien.

Le Cheval et le Foin.

Un Cheval attelé à une voiture chargée de foin,
Exténué de fatigue, venant de fort loin,
Avec beauconp de peine, le pauvre animal
Traînait sa volumineuse charge de cheval,
De sueur était tout en nage;
Mais il ne perdait pas courage,
Sachant bien qu'arrivé à sa destination,
Il trouverait une petite consolation.
Maître Foin ne se faisait point de bile,
Il se plaisait beaucoup à rire,
A plaisanter sur le sort malheureux
Du pauvre quadrupède si courageux.
Celui-ci tournant la tête par derrière,
Lui dit : Imbécile, tu te ris de ma misère.
Tu ne sais donc pas qu'en arrivant là-bas,
Mon ventre de toi se régalera.
Ris tant que tu voudras, tu peux t'en donner;
Mais rira bien qui rira le dernier.

Maître Foin, qui riait comme un bossu,
Frappé comme par la foudre, ne rit plus,
Reconnaissant qu'il avait eu tort
De plaisanter, rire si fort.
Il ne faut jamais railler les malheureux,
Car on n'est pas sûr d'être toujours heureux.

La Poule courageuse.

Par jour, pondre seulement un œuf,
Non le dimanche, six par semaine;
Quelle paresse! moi, dit-elle, j'en ponds neuf,
Quelquefois même une douzaine.

Le Cochon et son Propriétaire.

Un pauvre cochon, condamné à mort,
Déplorait beaucoup son malheureux sort,
N'ayant point l'habitude de souffrir,
Se souciait fort peu de mourir.
Il dit à son maître : Qu'est-ce que je vous ai fait?
Pouvez-vous citer quelque fait?
De quoi vous plaignez-vous?
Voyons, enfin, expliquez-vous.

Son propriétaire lui répondit :
Eh bien, voici ce que je dis :
J'éprouve du plaisir en te voyant à l'étable,
Mais j'aime encore mieux te voir sur ma table.

Le bon Sens et la Raison.

Le bon Sens disait à la Raison,
Tu devrais, comme le gazon,
Te montrer en toute saison.
Et toi, en tout temps,
Ne jamais être absent,
Répondit la Raison au bon Sens.

La Conscience et le Remords.

La Conscience était dans une affreuse situation.
Ayant reçu de très-graves altérations.
Fortement atteinte, elle souffrit horriblement,
Poussait des soupirs, se plaignait amèrement.
S'adressant directement au Remords,
Lui dit : Pourquoi me tourmenter si fort,
Je ne repose et dors ni jour ni nuit,
Pour des crimes que d'autres ont commis.

Le Remords répondit : Tu te crois innocente, peut-être,
Mais c'est bien toi qui les a fait commettre,
Par conséquent, point de contestation,
Tu mérites doublement la punition.

L'Ivrogne et le Vin.

Un ivrogne ayant absorbé trop de liquide,
Sur ses jambes étant très-peu solide,
Marchait en zig-zag, de travers,
D'un véritable jocrisse avait l'air.
Le vin maudissait, calomniait surtout,
Disant qu'il n'en boirait plus du tout.
Celui-ci dit : Pourquoi m'as-tu pris
En excès ? As-tu bien compris ?
Comment de moi tu oses médire,
Tu es donc tombé dans le délire ?
Moi, consolateur du genre humain,
Qu'on a surnommé *jus divin*.
Mieux que l'eau jadis en m'aima,
J'en donne pour preuve les noces de Cana,
Où le Seigneur, rédempteur-sauveur,
M'accorda ses tendres faveurs.
Oui j'ai été, dans tous les temps,
Servi sur la table des grands,

Tu ne terniras pas ma réputation
Puisqu'enfin, tu connais mon action.
De ma bonté ne faut pas abuser,
Tâche à l'avenir de mieux en user.
Absorbe-moi très-modérément
Tu t'en trouveras bien certainement.

La Méchanceté.

Je l'avoue franchement, je ne suis guère agréable,
Dit la Méchanceté, point du tout aimable.
En nuisant ainsi à mon prochain,
D'être mal regardée je mérite bien.

Avril et Mai.

Avril disait : Je suis méchant quand je m'y mets.
Moi aussi, malheureusement, répondit Mai.

La Nuit.

Je suis une excellente conseillère.
J'empêche souvent de tomber dans l'ornière.
Mais, en même temps, dit la Nui,
Je fais commettre des crimes inouïs.

L'abeille et la Cigale.

Cigale, qui ne faites que chanter,
Dit l'Abeille, vous devriez au moins penser
Que l'hiver, devant le buffet faudra danser.

La Rose.

Dis-moi, belle rose, pourquoi tu ne vis qu'un jour ?
Hélas ! c'est que la beauté passe vite, comme l'amour.

La Rosée.

Je suis vapeur condensée, pourquoi dire rosée.

Les deux Oiseaux.

Sur le bord de la mer, deux oiseaux
Voyant à l'horizon, au-dessus de l'eau,
Un épais et sombre nuage,
L'un dit à l'autre : c'est un rivage.
Si nous y allions faire un tour ?
Nous arriverions avant la fin du jour,
Puis ensuite nous pourrions revenir
Si cela nous faisait plaisir.

Beaucoup plus prudent, l'autre répondit ;
Nous sommes assez bien ici,
Dans un pays que nous ne connaissons pas
Nous trouverions peut-être le trépas.
Eh bien ! dit le premier, moi, je pars ;
Je veux courir le rique du hasard.
Étant là-bas, si mal m'arrive,
Je reviendrai sur cette rive.
Il partit donc, le malheureux ;
Mais, quel sort affreux, douloureux,
Étant allé fort loin sans trouver la plage,
Allant toujours, ne la trouvant pas davantage,
Accablé de fatigue, après des efforts inouïs,
Tomba dans la mer, par les flots fut englouti.
Ceci montre que l'envie et l'imprudence
Peuvent aboutir aux plus tristes conséquences.

La Roue hydrolique et l'Eau.

La roue hydraulique d'un moulin
Qui tournait parfaitement bien,
Mais aussi, se flattant beaucoup,
Moi, disait-elle, je suis tout,
C'est bien moi toute seule
Qui fais tourner la meule,

Et mets tout en mouvement.
Oui c'est moi, très-certainement,
Par moi, tout marche en haut.
Tu m'oublies, répondit l'eau.
Ceci montre que celui qui est étourdi
Peut faire les plus grands oublis.

L'Or.

Or, tu n'es bon à rien.
C'est vrai, je le sais bien,
Pourquoi te poursuit-on avec tant d'insistance ?
C'est que je brille, j'inspire la confiance.
Comme l'argent, mon très-cher frère,
On m'aime, on me presse, on me serre.

Le Courage.

Il y a un très grand avantage
De toujours me posséder, dit le Courage.

Le Requin et la Baleine.

Le Requin disait à la Baleine :
Je n'ai pour toi que de la haine,
Si je ne me retenais, je te mangerais,
Oui, certainement, je te dévorerais.

La Baleine répondit : Petit gourmand,
Aurais-tu le ventre assez grand?
Voyons, en travers ou en long,
A m'avaler, dépêche-toi donc,
Comment ! ce n'est pas encore fait.
De ne rien dire tu aurais mieux fait.

A quoi bon se flatter
Quand on est moins fort ?
Si on ne peut exécuter
C'est toujours un tort.

Le Chien et le Taureau.

Se préparant à combattre le Taureau,
Le Chien disait : J'ai des meilleures dents,
J'en viendrais à bout en le mordant,
Malgré qu'il soit beaucoup plus gros.
Mais le Taureau, extrêmement furieux,
Perce avec ses longues cornes,
Fait des blessures profondes, énormes,
Et lance en l'air le malheureux.
Il ne faut jamais dire d'avance
Qu'on sera le plus fort,
Malgré tous les efforts
On n'est jamais sûr des conséquences.

La Sévérité.

En absorbant ce qui le fait mal,
Tu te place au-dessous de l'animal,
C'est, dit madame Sévérité
Une lâcheté, voilà la vérité.

La Pudeur.

Je n'aime point les licences,
Disait un jour dame Pudeur,
J'ai les extravagances en horreur;
Mais j'aime beaucoup la décence,
Je déteste certains usages,
Ces airs hardis, effrontés;
Mouvements brusques, précipités,
Tous ces libres langages
Pour les légèretés point d'excuse;
Sans la moindre prétention,
Je parle avec précaution,
Enfin, je suis très-sérieuse.

Le Temps et la Patience.

Le Temps disait à la Patience,
Avec le courage et la persévérance,
On peut aller fort loin.
Arriver sûrement à bonne fin,
Il faut d'abord se proposer un but
Bien défini, parfaitement conçu,
Ensuite, ne plus en démordre,
Persévérer avec courage et ordre ;
Ainsi donc, ma chère mignonne,
Suis le conseil que je te donne,
Fort bien tu t'en trouveras,
L'avenir te le prouvera.

Le Rat.

Il était un rat, qui mourait de faim
Dans son trou, placé dans un coin ;
Mais de sortir se donnait bien garde,
Pensant que le chat montait la garde.
Hélas! disait-il, faut donc que je meure
Si misérablement, dans ma triste demeure,
Ah! si ce maudit griffard n'était pas là,
Comme j'irais marauder, faire gala.

C'est bien là le sort des malfaiteurs,
Vivant toujours dans la crainte, la peur.
Il vaut bien mieux travailler certainement,
Avoir l'esprit tranquille, respirer librement.

Le Chien et son Maître.

Un homme contrarié par quelque chose,
De colère avait une bonne dose;
Il s'en prenait à son chien,
Le traitait comme un crétin.
Celui-ci lui dit : Pourquoi me grondez-vous?
Puisque je n'ai pas fait de mal du tout,
S'il y a quelque méfait,
Et vous n'êtes point satisfait,
Comme avec raison je le suppose,
Assurément je n'en suis pas la cause,
Me faire ainsi supporter vos caprices,
C'est certainement une grande injustice.

Le Charretier et le Cheval.

Un charretier dur et brutal
Maltraitait outre mesure un cheval.
Celui-ci lui dit : Vous m'affaiblissez,
C'est contre votre intérêt, réfléchissez;

Puisque vous me rendez moins fort,
De me frapper ainsi vous avez tort;
Vous vous faites de la peine, à moi du mal,
Pour arriver à un mauvais résultat final.
Allons soyez donc plus raisonnable,
Vous n'y perdrez rien, c'est incontestable,
Moi j'y gagnerais également
Plus de colère conséquemment.

Le Chardonneret.

Un chardonneret chantait fort bien,
Il était très intéressant
Sa maîtresse en avait grand soin,
Elle aimait beaucoup son chant.
Mais comme la pauvre innocente bête
Avait cessé de chanter,
Sa maîtresse, par un coup de tête,
La vie voulut lui ôter.
Ce qui montre bien clairement
Qu'elle aimait la musique, non l'instrument.

La Paix.

La Paix disait : Je suis une source de vie,
Sans moi que devient l'industrie?

Le commerce est complétement anéanti,
Et le travail fortement ralenti.

. . . .

Le Désintéressement.

De l'ambition ne voulant être esclave,
Dit monsieur le Désintéressement,
Je saurai toujours me montrer brave,
La repousser courageusement.

L'Idéalisme et le Positivisme.

L'Idéalisme au Positivisme dit ceci :
Que tu es donc petit, court, rétréci,
Comme ton cercle est restreint,
Regarde la circonférence du mien ;
Tu te renfermes dans la matière ;
Moi, comme du soleil la lumière,
Je me répands partout, dans le temps ;
Je franchis l'immensité, les océans ;
Je parcours tous les espaces,
Je va, je viens, je repasse.
De voguer je n'ai jamais cessé,
Le Positivisme répond : Tu es bien avancé.

Le Criminel.

Un criminel tout naturellement
Se plaignait très-amèrement,
Comme font tous généralement;
Il jurait, par la foi du serment,
Sur les cendres de son père clément,
Qu'il était accusé injustement,
Malgré les preuves, niait systématiquement.
Le président lui dit solennellement,
Vous êtes coupable incontestablement,
Vous vous comportez tout à fait indignement,
Et pour ce fait, conséquemment,
Vous serez puni très-sévèrement.

Paris. — Imp. Pillet et Dumoulin, rue des Grands-Augustins, 5.

www.ingramcontent.com/pod-product-compliance
Ingram Content Group UK Ltd.
Pitfield, Milton Keynes, MK11 3LW, UK
UKHW022122260726
13993UKWH00003B/1167

9 782329 159645